走出课本系列

名胜古迹里的

古诗词

主编 夫子

卷三

姑苏城外寒山寺

主　编：夫　子

编　委：范　丽　雷　蕾　刘　佳　毛　恋

　　　　孙　娟　唐玉芝　邱鼎淞　王　惠

　　　　吴　翮　向丽琴　晏成立　阳　倩

　　　　叶琴琴　曾婷婷　张朝伟　钟　鑫

　　　　周方艳　周晓娟

绘　图：许炜挚　奇　漫

山东教育山版社

·济南·

图书在版编目（CIP）数据

名胜古迹里的古诗词.卷三,姑苏城外寒山寺 / 夫子主编. — 济南：山东教育出版社,2023.4
（走出课本系列）
ISBN 978-7-5701-0416-1

Ⅰ.①名… Ⅱ.①夫… Ⅲ.①古典诗歌–诗歌欣赏–中国–通俗读物②名胜古迹–中国–通俗读物 Ⅳ.
① I207.2-49 ② K928.7-49

中国国家版本馆 CIP 数据核字 (2023) 第 065187 号

责任编辑：周宝青　杨文君
责任校对：舒　心
装帧设计：书虫文化　倪璐璐　杨绍杰
插图绘制：许炜挚　奇　漫

ZOU CHU KEBEN XILIE
MINGSHENG GUJI LI DE GU SHICI　JUAN SAN　GUSU CHENGWAI HANSHANSI
走出课本系列
名胜古迹里的古诗词　卷三　姑苏城外寒山寺　　夫子　主编

主管单位：山东出版传媒股份有限公司
出版发行：山东教育出版社
　　　　　地址：济南市市中区二环南路 2066 号 4 区 1 号
　　　　　邮编：250003　电话：（0531）82092660
　　　　　网址：www.sjs.com.cn
印　　刷：山东新华印务有限公司
版　　次：2023 年 4 月第 1 版
印　　次：2023 年 4 月第 1 次印刷
开　　本：787 mm × 1092 mm　1/16
印　　张：7
印　　数：1—30000
字　　数：100 千
定　　价：45.00 元

前 言

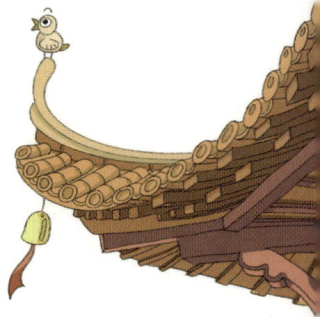

　　我们的祖国是有着悠久历史和灿烂文明的伟大国家，在这片广阔的大地上，有无数优美的风景，还有很多古代人文遗迹。它们遍布祖国的大江南北，承载着中华民族博大精深的历史文化。而和它们相得益彰的，是一群才华横溢的诗人和他们的诗词。

　　名胜古迹经历了数千年的岁月，在这些时光里，它们令历朝历代的文人墨客为之神往。他们或瞻仰，或缅怀，或寄情，留下了一首首传诵千古的诗词。他们看山写山，看水写水，笔下的诗词中却并不只有山水，还有心情，有道理，有历史，有人生。他们就像旅行家，写下的诗词便是一篇篇游记。

　　这些诗词中，有许多诗句重现了千百年前名胜古迹的风采，也记录了诗人们当年游览名胜古迹时的感受和心情。他们用奇特的夸张、瑰丽的想象、灵动的比喻描绘美景，尽情地抒发情怀。比如，在诗人李白的眼中，"黄河之水天上来"，而庐山的瀑布则是"疑是银河落九天"，气势恢宏极了；要问苏轼眼中的西湖有多美，读一读"欲把西湖比西子，淡妆浓抹总相宜"，你定了然于心；是谁在何处吟道"出师未捷身先死，长使英雄泪满襟"？那是站在武侯祠前满腔忧愤的杜甫……

读到如此优美瑰丽的诗句，你是不是也想背上行囊去看看这些名胜古迹呢？

读万卷书，行万里路。《名胜古迹里的古诗词》这套书将化身为你的贴身导游，用精美的图画为你展示名胜古迹的各处景点，用漫画和文字为你解说有关它们的历史内涵、神话传说、地理特征、建筑构形、风俗人情等，让你足不出户，就能在阅读中体验到宛若"行万里路"的旅行乐趣。书中还有与每处名胜古迹相关的诗词，与景点相结合，更能帮助你读懂诗词中的深意。当然，如果你决定外出寻访名胜，这套书也是你走出家门、踏上旅途的优质同伴。

这套书可谓"书中有画，画中有诗"，阅读它，你既能欣赏名胜，又能积累古典诗词，岂不是一举两得吗？

目录

黄鹤楼

登顶的风景最好看！

在拐弯处拍照，构图很棒噢！

上面写着什么字？

写的是"黄鹤楼"。

观全景的经典机位！能拍到黄鹤楼壮

《黄鹤归来铜雕》由龟、蛇、鹤三种寓意吉祥的动物组成。

黄鹤楼位于湖北省武汉市，是江南三大名楼之一。它有飞檐5层，攒尖楼顶，顶覆金色琉璃瓦。楼上的翘角向外伸展，像一只黄鹤展翅欲飞。楼外有铸铜黄鹤造型、胜像宝塔、牌坊、轩廊、亭阁等辅助建筑。

黄鹤楼的变迁

三国时期，东吴在当时的夏口城（今湖北武昌）一角建起了一座用来瞭望戍守的军事楼，这就是黄鹤楼的原型。晋灭掉东吴之后，三国归于一统，这座楼也失去了它的军事价值。随着历史的发展，黄鹤楼慢慢被来往的官商旅人所光顾，成了游赏宴请的观赏楼。此后，黄鹤楼在各朝代屡毁屡建，清朝光绪十年（1884），更是被一场大火焚毁。一直到1985年，黄鹤楼再次被重建，这才得以重现于长江之畔。

黄鹤楼

黄鹤楼的得名

关于黄鹤楼的名字，有两个传说。一个传说是：曾经有个叫费祎（yī）的人成了神仙，常常驾着黄鹤在这里休息，因此叫黄鹤楼。另一

我是来给这楼增加一点仙气的！

个传说也充满了传奇色彩：相传，黄鹤楼原本是辛氏开设的酒楼，有一个穷道士常来店里喝酒，却没钱付账，辛氏没有计较他拖欠酒钱，依然给他酒喝。后来，道士要离开了，为了感谢店家的恩情，就在酒楼的墙上画了一只鹤。据说，只要店家一拍手，这只鹤就会飞下来为客人起舞助兴。从此，这家酒楼宾客盈门，生意兴隆。等到辛氏攒下了一大笔财富，道士又来了。这次，他跨上黄鹤飞上天去。为了纪念这位道士和他的仙鹤，辛氏在酒楼扩建之后，将酒楼改名为黄鹤楼。

尽管这些传说生动有趣，但现在的人们大多认为黄鹤楼的名字源自它所建的位置——黄鹄山（今称蛇山）。因为古代的鹄与鹤能通用，所以这座楼才取名为黄鹤楼。

黄鹤楼公园

黄鹤楼公园是以主要景点黄鹤楼命名的公园，除了黄鹤楼，园内还有白云阁、搁笔亭、千禧钟等景点。其中，白云阁是观赏楼（黄鹤楼）、山（蛇山）、江（长江）的极佳景点。

《黄鹤楼记》

唐代有个叫阎伯理的人，特意为黄鹤楼写了一篇文章，叫《黄鹤楼记》。

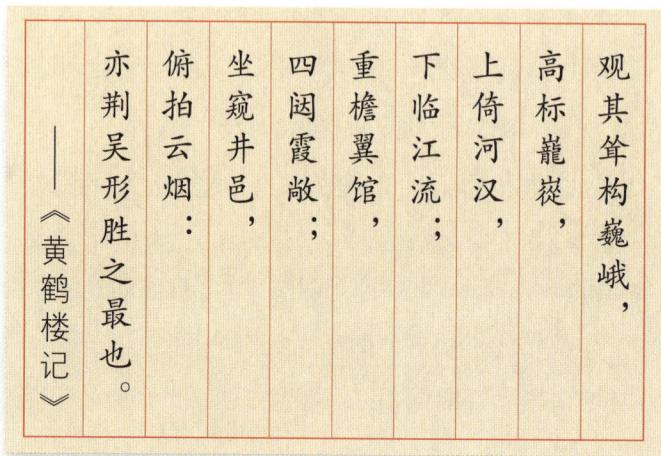

观其耸构巍峨，
高标巃嵸，
上倚河汉，
下临江流；
重檐翼馆，
四闼霞敞；
坐窥井邑，
俯拍云烟：
亦荆吴形胜之最也。

——《黄鹤楼记》

阎伯理笔下的黄鹤楼是这样的：观看黄鹤楼这座高耸的楼宇，高大雄伟。它顶端靠着银河，底部临近大江。两层屋檐上的飞檐仿佛是鸟儿的翅膀高高翘起，四个大门高大宽敞。坐在楼上可以远眺城乡的美景，低头则能拍击云气和烟雾，这里也是楚吴之地山川胜迹最美的地方。

飞檐像不像黄鹤腾飞时候的翅膀呢？

历史上，黄鹤楼最开始用于军事，方便守城的将士观察敌情，后来战事平息，它便逐渐成了观赏游玩的胜地。为了给这座历史悠久的名楼增加神秘感，人们还创作了一些传说故事。千百年来，黄鹤楼虽经历了多次损毁与重修，但它作为名楼的地位和价值丝毫不减，还吸引了不少文人墨客。不管是出于对山川胜迹的热爱，还是对仙人的仰慕，黄鹤楼都是值得诗人们一展诗情的好去处。

排行榜

《黄鹤楼》	崔颢
《黄鹤楼送孟浩然之广陵》	李白
《黄鹤楼》	贾岛

黄鹤楼

黄鹤楼自创建以来，吸引了历代文人墨客。有个叫崔颢的唐代诗人，在游览黄鹤楼后，给它作了一首诗，名叫《黄鹤楼》。虽然为黄鹤楼作诗的人不少，但唯独崔颢的这首诗，把黄鹤楼的名气提到了家喻户晓的地步。

崔颢

黄鹤楼最佳代言人

昔人已乘黄鹤去，此地空余黄鹤楼。

黄鹤一去不复返，白云千载空悠悠。

晴川历历汉阳树，芳草萋萋鹦鹉洲。

日暮乡关何处是？烟波江上使人愁。

注 释

昔人：指传说中骑鹤飞去的仙人。

去：离开。

空：只。

悠悠：飘飘荡荡的样子。

晴川：晴日里的原野。川，平川、原野。

历历：分明的样子。

汉阳：地名，今湖北武汉的汉阳区，与黄鹤楼隔江相望。

萋萋：形容草木长得茂盛。

鹦鹉洲：长江中的小洲，在黄鹤楼东北。

乡关：故乡。

译 文

以前的仙人早已驾着黄鹤飞走了，这里只留下空空荡荡的黄鹤楼。黄鹤离开后再也没有回来，千百年来只有白云在天上飘飘荡荡。在阳光的照耀下，能清晰地看到汉阳的树木，也能清楚地看见芳草繁茂的鹦鹉洲。暮色降临，哪里是我的故乡呢？江面烟波笼罩，让人心生忧愁。

诗人介绍

崔颢（704—754），唐朝时期汴州（今河南开封）人，是一位很有名的诗人。崔颢性格耿直，才思敏捷，在有生之年却没有大展才华的机遇。他后期的诗作以边塞诗为主，风格大多雄浑豪迈，反映边塞的戎旅之苦，受到当时文人的推崇。他最为人称道的诗作是《黄鹤楼》。

崔颢的这首七言律诗，先写了神话传说，再写了黄鹤、黄鹤楼以及登楼所见，最后触景生情，抒发了浓浓的乡愁。这首诗不仅被后人评为佳作，也使黄鹤楼名声大噪。

拓展延伸

● 云

在晴朗的天气，我们抬头看天，会看到像棉花糖一样的云朵漂浮着，仔细观察会发现它们在变化和移动。这些瞬息万变的云，就好像世上的事一样变幻无常，因此，古人常用云来表达物是人非的沧桑感。

● 鹦鹉洲

诗中的鹦鹉洲原本是长江中的一个小洲，后来逐渐被水冲没。根据《后汉书》记载，东汉末年，黄祖的长子黄射宴请宾客，有人献上鹦鹉，黄射举杯邀请祢衡写一首赋为宾客助兴。祢衡一挥而就，写下了有名的《鹦鹉赋》。在这首赋中，祢衡赞美了鹦鹉的美丽聪慧，同时也感慨它失去自由，借此表达了自己怀才不遇、生不逢时的忧愤。后来，祢衡被黄祖杀害，葬身于这个小洲。鹦鹉洲也因此赋而得名。

◉七律之首

　　崔颢的这首《黄鹤楼》一直被人们称赞，还被推崇为"七律之首"。所谓七律，就是每句七个字的律诗。律诗一般两句为一联，分首联、颔联、颈联和尾联，每联的尾字押韵，称为韵脚。如《黄鹤楼》这首诗中押韵的字是"楼""悠""洲""愁"，所押的韵脚是"ou"。

黄鹤楼送孟浩然之广陵

在崔颢写了《黄鹤楼》一诗之后，大诗人李白也来到黄鹤楼。当他看到崔颢所作的《黄鹤楼》时，忍不住赞叹"眼前有景道不得，崔颢题诗在上头"，意思是说崔颢的诗写得太好了，自己想写都写不出更好的了。不过，这可阻止不了李白对黄鹤楼的喜爱。李白把黄鹤楼当作送别的胜地，为它写了不少诗。有一年三月，李白的好朋友孟浩然要乘船去广陵（今江苏扬州），李白送他到江边，不舍之下写了《黄鹤楼送孟浩然之广陵》一诗。

李白

这儿是我心中的送别首选地。

故人西辞黄鹤楼，

烟花三月下扬州。

孤帆远影碧空尽，

唯见长江天际流。

孟浩然：唐代著名的山水田园派诗人，李白的朋友。

之：往，到达。

故人：老朋友，这里指孟浩然。

辞：辞别。

烟花：形容柳絮如烟、鲜花似锦的春天景色，指艳丽的春景。

下：顺流向下而行。

碧空尽：消失在碧蓝的天际。

天际流：流向天边。

译 文

　　老朋友在黄鹤楼与我告别，在柳絮如烟、繁花盛开的阳春三月，他要去扬州远游。友人的孤船帆影渐渐消失在碧蓝的天空尽头，只看见滚滚的长江水向天边的尽头奔流。

诗人介绍

　　李白（701—762），字太白，号青莲居士，唐代伟大的浪漫主义诗人。他爽朗大方，爱交朋友，代表作有大家熟知的《望庐山瀑布》《早发白帝城》《行路难》《将进酒》等。李白的诗作给人一种豪迈奔放、飘逸若仙的感觉，据说唐代诗人贺知章看了李白的《蜀道难》后，还称赞李白为"谪仙人"，就是把他比作天上下凡的"仙人"。因此，后人就称李白为"诗仙"。

黄鹤楼是名楼，又有仙人飞天的传说，自然是诗人结伴游赏的好地方。李白在这里和好友辞别，气氛并不忧伤，他在诗里描绘了绚烂的阳春景色和放舟长江的宽阔画面，刻画了孤帆远影的细节，意境优美。

拓展延伸

●李白和孟浩然的友谊

开元十五年（727），李白结束了一段云游生活，在安陆（今湖北安陆）安定下来，并在此地生活了十年之久。在此期间，他结识了孟浩然。孟浩然是唐朝著名的山水诗人，在诗歌方面很有造诣，虽然他比李白年长12岁，但两人却性情相投，一见如故。当时的李白已经小有名气，孟浩然也是盛名远扬，两个才子互相仰慕，结下了深厚的友谊。

李白

后生可畏啊！

孟浩然

◉烟花三月

　　说到烟花，大家脑海中出现的一定是烟火爆竹的画面吧！其实，在古诗中，烟花通常指春天艳丽的景物。诗中，诗人用烟花三月简单的四个字就描绘出了春意盎然的美景。写作文时，我们也可以学学大诗人，用烟花三月来描写生机勃勃的春天。

我多想和老朋友一起去看看扬州的美丽春景啊！

◉碧　空

　　碧空的意思是青蓝色的天空。碧空万里、碧空如洗都是常用来形容天气晴朗、天空湛蓝的词语。碧的本义是青绿色的玉石，因此用来表示青绿色，比如碧草、碧水、碧波等，不过在碧空一词中，绿色的含义淡化，主要表达青色的意思。

黄鹤楼

自从崔颢把黄鹤楼的名气打响了以后，给黄鹤楼题诗作画的人就越来越多。中唐时期出现了一位才华横溢的诗人，名叫贾岛，他也像崔颢一样，以黄鹤楼为描写对象，写了一首《黄鹤楼》。

大家都写了，我也要写一首。

贾岛

高槛危檐势若飞，孤云野水共依依。

青山万古长如旧，黄鹤何年去不归？

岸映西州城半出，烟生南浦树将微。

定知羽客无因见，空使含情对落晖。

高槛：高高的栏杆。

危檐：高处的屋檐。

依依：留恋不舍的样子。

西州：指鹦鹉洲。

城：指汉阳城。

南浦：南面的水边。

微：隐蔽。

羽客：指在此驾鹤飞升的仙人。

译 文

　　高高的栏杆，好像起飞一样斜耸的屋檐，那孤寂的云雾和游荡的河水融为一体，依依不舍。青山经历万世还和从前一样，可是楼中的黄鹤是哪一年一去不回的呢？江岸旁隐隐映出西洲的轮廓，汉阳城在树丛中若隐若现。大江的南边水汽缠绕，江边树木依稀可见。远去的仙人注定是无法相见了，只能饱含深情地凝视眼前的落日余晖。

诗人介绍

　　贾岛（779—843），唐代诗人，人称"诗奴"。贾岛爱好作诗，喜欢反复吟咏、锤炼诗中的词句，追求精巧。他曾经出家为僧，据说还写诗抱怨朝廷对僧人外出的限制。贾岛的才华被当时的文学大家韩愈所赏识，在韩愈的栽培下，他还俗做了官。北宋诗人苏轼觉得他穷愁的情绪和寒苦的诗风与诗人孟郊相似，于是称他与孟郊为"郊寒岛瘦"。

贾岛诗中的黄鹤楼带着朦胧和凄清的色彩。在落日余晖中，诗人站在高楼上俯瞰孤云野水、西洲树丛，想到了远去的仙人。虽然黄鹤楼的风景很美，但传说中的仙人却难以找到，诗人难免流露出失落和怅惘之情。

拓展延伸

● 黄　鹤

据传，黄鹤是指幼龄的鹤。鹤在成年后有不同的毛色，但幼龄的鹤长有黄色的雏羽。因为黄鹤常出现在道教仙家飞升成仙的故事传说中，所以它更像是道家的一种仙鸟，代表了祥瑞。因此，人们常常用它寓意延年益寿、羽化登仙的美好愿景。

> 我的羽毛可不是黄色的。

● 汉阳城

汉阳是江汉地区人类文明的发祥地之一，在远古时期就有人类活动，

经历代修整重建，直到隋代，按照"山南水北谓之阳"的说法，才将此地命名为汉阳。唐武德四年（621）在凤栖山（今凤凰山）南筑沔州城，后称汉阳城。汉阳城历史底蕴深厚，自古就是重要的军事要地，也是重要的港口和商品流通集散地，商业繁荣，人口众多。唐宋时期，汉阳已经是有名的风景名胜之地，吸引了李白、柳宗元、苏轼等文人雅士为它写诗作文，丰富了汉阳的人文底蕴。明朝时，由于连年发大水，需要将汉水改道。开辟的新河道将原来的汉阳一分为二，此时汉阳城在南岸，与"山南水北谓之阳"不符。然而，汉阳作为地名已经盛名远扬，于是大家按照习惯继续称汉阳。

● 推　敲

诗人贾岛因为喜欢琢磨诗中的词句，还衍生出推敲一词。据说，他有一次骑在驴背上吟着诗句："鸟宿池边树，僧敲月下门。"开始他想用推字，后来又觉得敲字也不错，于是骑在驴背上吟咏诵读，还不停伸手比划推和敲的姿势。刚好，当时担任京兆尹的韩愈路过，贾岛不知不觉冲撞了韩愈随行的队伍。贾岛被带到韩愈面前，解释自己吟诗的事。韩愈听过后，认为用敲字更好。后来，二人结为好友，"推敲"的典故也一直流传至今。

鸟宿池边树，僧敲月下门……

览胜手记

　　来到武汉怎么能不去黄鹤楼看看呢？先不说它在蓝天白云的映衬下，那朱红的墙柱和金黄的琉璃瓦是多么耀眼，它积淀下来的优秀传统文化也足以吸引旅人纷至沓来。楼中的圆柱挺拔雄浑，楼檐的翘角凌空舒展，就像是黄鹤在腾飞。四周围绕有铜鹤、牌坊、亭台等，点缀如众星拱月。登上黄鹤楼，我们在楼内的墙壁上看到历代名人的题诗画作。而来到走廊上，眼前就是烟波浩渺的长江，这不正是李白诗中"孤帆远影碧空尽，唯见长江天际流"的壮阔景色吗？

　　我们登上了黄鹤楼的顶层，眺望远方，只见澎湃的长江水奔流不息。横跨在长江之上的武汉长江大桥犹如一条银色的蛟龙，桥上川流不息的车辆，似乎在彰显这座城市的活力与繁荣，还有远处林立的高楼、匆匆的行人、翠绿的树林……我忽然想起崔颢的诗句"黄鹤一去不复返，白云千载空悠悠"，眼前的美景也会一去不复返吧？我连忙拿出照相机，把这些美丽的景象拍了下来。

岳阳楼

八百里洞庭湖水就在眼下!

这座楼没有用一钉一铆。

古代的工匠真厉害啊!

楼顶的造型真像是戴了头盔呢!

岳阳楼位于湖南省岳阳市,是江南三大名楼之一,也是其中唯一保持原貌的古建筑。它前瞰洞庭,眺望君山,主楼共三层,为纯木结构。顶部覆盖着黄色琉璃瓦,构型庄重大方,头盔样式的结构十分独特。

岳阳楼的由来

相传，三国时期，吴国的将领鲁肃为了训练水军，在洞庭湖边修建了阅军楼。南北朝时期，人们称它为"巴陵城楼"。到了唐朝，有个叫张说的人被贬谪到岳州（今湖南岳阳），他经常与文人好友登楼赋诗，因为此楼坐落在郡置之南，故称"南楼"。精巧的城楼吸引了很多人前来观赏，其中就有大诗人李白，随着他"楼观岳阳尽，川迥洞庭开"诗句的远扬，"岳阳楼"这个名字也开始传开了。

三醉亭和仙梅亭

仙梅亭

岳阳楼作为主楼，周围还有一些小亭子，比如主楼北侧的三醉亭、南侧的仙梅亭。三醉亭得名于吕洞宾三次在岳阳楼醉酒的神话故事。关于仙梅亭也有一个传说：据传，明朝崇祯年间，有人在这里挖出一块带有枯梅花纹的石板，认为是仙人留下的痕迹，于是修建了一个安置它的亭子，后称仙梅亭。

《岳阳楼记》

北宋时期，岳阳楼在知州滕子京的主持下得以重修。滕子京还特意邀请自己的好友范仲淹为重修岳阳楼这件事写一篇文章，这就是让岳阳楼名扬天下的《岳阳楼记》。

现在，在岳阳楼的二楼，我们还能看到刻有清代书法家张照书写的《岳阳楼记》的雕屏。这个雕屏由12块紫楠木拼成，其文章、书法、刻工、木料都算得上是珍品。

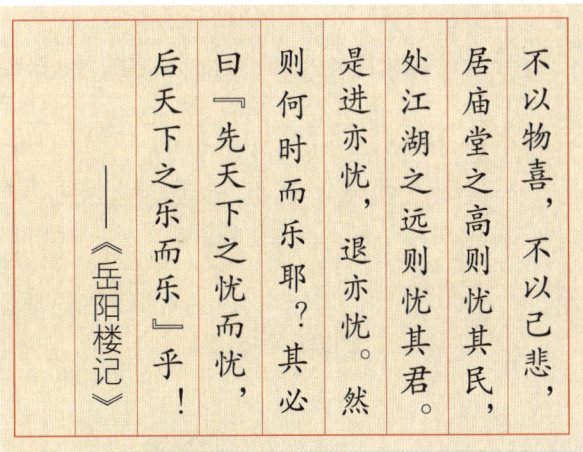

不以物喜，不以己悲，居庙堂之高则忧其民，处江湖之远则忧其君。是进亦忧，退亦忧。然则何时而乐耶？其必曰「先天下之忧而忧，后天下之乐而乐」乎！

——《岳阳楼记》

榜上有名

作为历史悠久的古老名楼，岳阳楼从阅军楼摇身变成供民众游赏的地方，这样的转变，非但没有使它湮没在历史洪流中，反而吸引了众多文人名士到此一游，写下诗文流传百世，使岳阳楼名声大噪。如今，我们走近岳阳楼，既可以观摩精巧的古代工艺，也能品读精美的古诗文。

排 行 榜

《与夏十二登岳阳楼》	李　白
《登岳阳楼》	杜　甫
《岳阳楼》	元　稹（zhěn）

与夏十二登岳阳楼

759年，李白受永王事件的牵连被流放夜郎（今贵州桐梓县一带）。后逢朝廷大赦，李白喜出望外，一路上四处闲逛，来到岳州时，听说当地有一座精巧的名楼，就跑去看。登上岳阳楼后，他留下了这首脍炙人口的《与夏十二登岳阳楼》。

有座岳阳楼……

老乡，这儿有啥好玩的地方吗？

李白

楼观岳阳尽，川迥洞庭开。

雁引愁心去，山衔好月来。

云间连下榻，天上接行杯。

醉后凉风起，吹人舞袖回。

注 释

夏十二：李白的朋友，排行十二。

迥：远。

下榻：寄宿，住宿。

行杯：传杯饮酒。

回：回荡，摆动。

译 文

　　登上岳阳楼，四周的风光尽收眼底，江水流向远方，洞庭湖水十分广阔，没有边际。大雁南飞，带走了我忧烦的心情，远处的高山衔来了一轮美好的明月。在高耸入云的楼上住下设宴，如同在天上传杯饮酒。醉后朦朦胧胧地感受到阵阵凉风吹来，吹得我袖带旋回，翩翩起舞。

赏析
　　李白写这首诗时，刚被免除了罪责，心情大好。他登上岳阳楼，四下远眺，有一种乐以忘忧的闲适。李白在诗中描述高楼和周围的景色时，运用烘托、夸张的手法，从俯视、遥望、纵观等不同角度落笔，表现了岳阳楼的高耸，展现了秋风明月下洞庭湖的浩荡景象。此外，我们还能感受到诗人尽情喝酒的快乐，体会到他流放获释后的欣喜之情。

"水天一色，风月无边"对联

李白与岳阳楼

岳阳楼历经几千年，保存了大量的历史文物，比如，李白的对联"水天一色，风月无边"，现在仍珍藏于岳阳楼主楼内。据说，这副对联是李白登楼时写下的，款识为"长庚李白"。关于这副对联，有一个传说：相传，岳阳楼刚建成时，有一位神仙来到岳阳楼，他看了看岳阳楼四周的景物后，题上"虫二"两字就飘然离去。后来，诗仙李白来到这里游览，他看到"虫二"两字后，思索一番，写出了这副对联。

古人写诗时对他人的称谓

在古代，诗人写诗时常常提及他人，对他人的称谓常有以下几种：第一种，把人名直接写进诗中，如《赠汪伦》《芙蓉楼送辛渐》《黄鹤楼送孟浩然之广陵》；第二种，在人物姓氏后加上家族中排行，如《与夏十二登岳阳楼》《别董大》《问刘十九》《送元二使安西》；第三种，在人物姓氏后加上官职或身份，如《房兵曹胡马诗》《望洞庭湖赠张丞相》；第四种，把身份和排行混搭在一起，如《早春呈水部张十八员外》《赠卫八处士》。

◉岳阳的别称

　　诗中说到的岳阳，在三国时期叫巴丘，西晋时此处设置了巴陵县，开始有巴陵之名。据说，最早将岳阳一词写入诗中的诗人是南朝的颜延之，他在登上巴陵城楼观赏湖光山色后，挥笔写成《始安郡还都与张湘州登巴陵城楼作》，诗中的岳阳原意指天岳山的南面。到了隋朝，朝廷废除巴陵郡改建巴州，后改称岳州，因此岳阳又有岳州之称。现在，巴陵和岳州仍是湖南省岳阳市的别称。

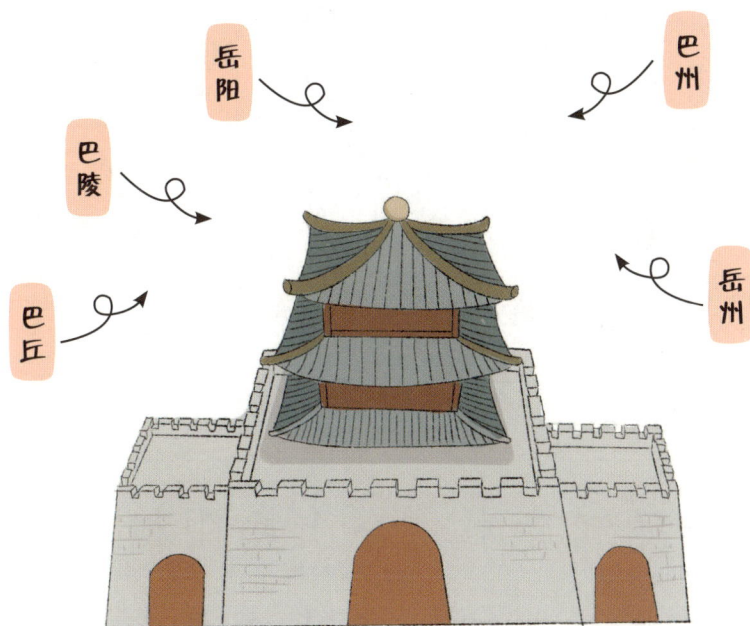

岳阳

巴州

巴陵

岳州

巴丘

登岳阳楼

　　大历三年（768），年老多病的杜甫处境十分艰难。当他漂泊到岳阳，登上了神往已久的岳阳楼，面对浩渺的洞庭湖，心情十分激动。他联想到自己晚年贫苦无依，人民遭受磨难，国家动荡不安，于是写下了《登岳阳楼》，以抒发感慨。

杜甫

忧国 忧民 忧己

昔闻洞庭水，今上岳阳楼。

吴楚东南坼(chè)，乾坤日夜浮。

亲朋无一字，老病有孤舟。

戎马(róng)关山北，凭轩涕泗(sì)流。

注 释

坼：分裂。

乾坤：指天地。

字：这里指书信。

老病：年老多病。

戎马：战马，代指战争。

关山北：北方边境。

凭轩：靠着窗户。

涕泗流：眼泪禁不住地流淌。

译 文

早就听说洞庭湖水气势磅礴，如今我终于得偿所愿登上了岳阳楼。浩瀚的湖水把吴楚两地分隔开来，整个天地好像都在湖中日夜浮动。亲朋好友音信全无，只有一条船孤零零地陪伴着年老多病的我。北方边境的战火还没有停息，我靠着栏杆遥望，感怀家国，眼泪禁不住地流。

诗人介绍

杜甫（712—770），字子美，自号少陵野老。他是唐代伟大的现实主义诗人，因为忧国忧民，所以写的很多诗都反映了百姓生活的艰难困苦。杜甫的诗歌对后世影响深远，他被后人尊称为"诗圣"，而他的诗被称为"诗史"。后人将他与浪漫主义诗人李白合称为"李杜"。

杜甫登上岳阳楼，看到眼前烟波浩渺、壮阔无垠的洞庭湖美景，却高兴不起来，他想到自己晚年漂泊不定，国家和人民多灾多难，不禁悲从中来，泪流满面。全诗将杜甫的身世与国家、景色气象相互融合，我们读这首诗时，能感受到其中悲壮深远的情感。

拓展延伸

● 乾　坤

乾坤这两个字源自《易经》，乾表示天，坤表示地。有个成语叫扭转乾坤，意思是扭转天地的位置，比喻彻底改变已成的局面。人们还用乾坤来表示国家、天下，比如成语朗朗乾坤，就用来形容政治清明，天下太平。此外，乾坤还可以表示古代的皇帝和皇后，故宫中有乾清宫和坤宁宫，分别是皇帝和皇后的居所。

《乾坤生意图》（局部）[元] 谢楚芳

这幅图看似画的是动植物在春天生机勃勃的样子，仔细观察可以发现其中有一些动物间捕食的场面，展现了自然界中动物们相生相杀的情景。

◉ 涕　泗

在古代，涕通常指的是眼泪，而泗通常是指鼻涕。涕泗经常搭配在一起，比如成语涕泗横流、涕泗滂沱、涕泗交流，都是眼泪和鼻涕流了一脸的意思，用来形容悲伤痛哭的样子。

◉ 杜甫的晚年

杜甫晚年经历了安史之乱以及官场失意之后，心力交瘁的他放弃了官职。为了生活，他领着家人一路南行，到蜀地投靠了一位叫严武的朋友，但并不顺利。因为战乱和身体的病痛，杜甫只能再一次远走他乡，去潭州（今湖南长沙）投靠另外一位友人，结果潭州发生了兵乱，他只能携一家老小继续南下投奔舅父，谁料途中遭遇大水，只得返回岳阳。流离不定的生活严重摧残着杜甫的身体，在返回岳阳的途中，他病逝在了船上。

亲朋无一字，老病有孤舟。

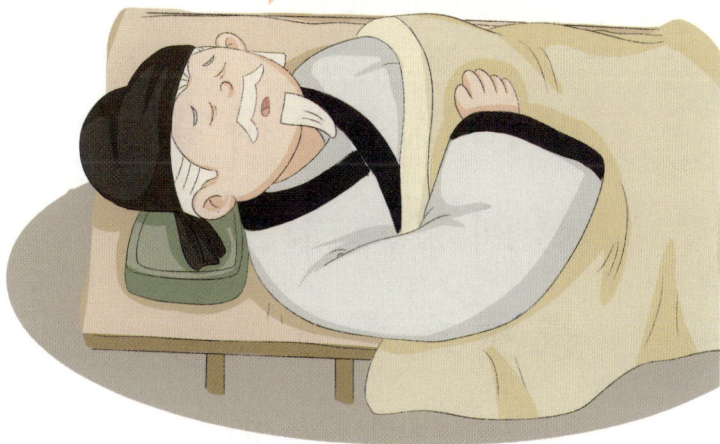

岳阳楼

元稹是一位才华出众的诗人，年少时步入官场，意气风发，一心为民，但性格豪爽直率的他不小心得罪了朝中的权贵，因此在三十多岁时连着好几次遭到贬谪、流放。接连被贬的元稹在游览岳阳楼时，心中满是失意，于是写了这首诗。

美景也拯救不了我的坏心情！

元稹

岳阳楼上日衔窗，
chuáng
影到深潭赤玉幢。
怅望残春万般意，
líng
满棂湖水入西江。

玉幢：玉楼，指神仙居住的地方。

怅望：落寞地望着。

万般意：千头万绪难以抒发的情意。

棂：窗格，这里指窗。

西江：这里指长江。

译 文

岳阳楼上一轮红日斜照进楼窗里，水中岳阳楼的倒影像是神仙的住所。我落寞地望着眼前的残春景象，难以表达的复杂情绪涌上心头，从窗子溢出，随着湖水流向无尽的长江。

诗人介绍

元稹（779—831），字微之，河南洛阳人，唐中后期政治家、文学家，他在诗文方面的成就很大，代表作有《菊花》《离思五首》等。元稹与白居易在同一年的科举考试中登第，并结为终生诗友，还共同倡导了新乐府运动，世称"元白"。

赏析　元稹这次岳阳楼之行，并没有像其他诗人一样大赞岳阳楼雄伟壮阔，反而处处流露出对春光逝去的惆怅和人生不如意的叹息。他用诗句重点描绘景物，又用"怅望"两字点出当时的心绪。在最后一句中以景结情，把无处发泄的落寞惆怅表达得非常含蓄婉转。

拓展延伸

● 岳阳楼远眺

　　自古以来，游览岳阳楼的最佳方式就是登楼看景。在古代，一些文人雅士常常会邀请三两好友登上岳阳楼，或者干脆齐聚岳阳楼举办宴会，既能喝酒聊天，又能远眺湖光水色。现在，我们虽然不能在岳阳楼上大摆宴席，但依然可以登楼远眺，欣赏"岳阳楼上日衔窗"的景色。

《岳阳楼图》〔元〕夏永
图中岳阳楼面对洞庭湖，右上角写有范仲淹的《岳阳楼记》。

● 古代的窗户

棂通常是指窗户上的雕花格子，在诗词中常被用来指代窗户。在我国古代，有很多样式各异的窗，比如直棂窗、槛窗、支摘窗、漏窗等，它们大多装饰有各种雕花格子。

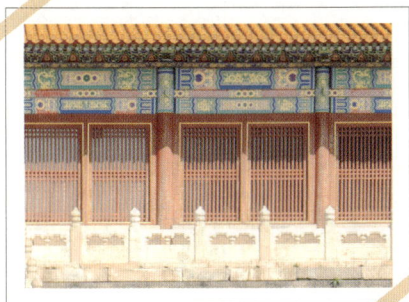
直棂窗

漏窗

● 衔字的妙用

衔的本义是指马嚼子，是一种横勒在马嘴里的物品，用来控制马匹活动，后来引申为用嘴含，叼着，这也是现在衔的常用义。衔字是古诗词里经常出现的一个动词，比如陶渊明曾写过"精卫衔微木，将以填沧海"，讲述了精卫鸟叼着细木头去填海的故事，这里衔字用得比较具象。后来的文人经常妙用衔字，展现奇妙的想象，比如诗中的"岳阳楼上日衔窗"。太阳真的叼着窗户了吗？并不是，它只是靠近了窗户，被诗人想象为叼着窗户了。但如果改为"岳阳楼上日近窗"，就失去了原句的意境。前面我们读过的"山衔好月来"一句中，衔字也有这样的表达效果。

览胜手记

终于有机会来岳阳楼游览一番了。只见岳阳楼四周围绕着高大挺拔、青翠茂盛的树木，依稀可见若隐若现的城墙。听说，岳阳楼在古代原本只是一个点将台，大概从唐朝开始，才逐渐发展成为游览的观光楼。现在，它已经是江南三大名楼之一了！《岳阳楼记》就是北宋文学家范仲淹写的关于岳阳楼的名篇，其中的"先天下之忧而忧，后天下之乐而乐"可是千古名句。我还在展馆里了解到一些岳阳楼的历史，原来，李白、杜甫等名人也来过岳阳楼，还写了很多有名的诗词呢！

我的家乡岳阳，有江南水乡的柔情，又不失热血豪情。千百年来，不少文人墨客游览至此，并为后人留下宝贵的文化财富。气势雄伟的岳阳楼就是家乡享誉盛名的名胜之一。

岳阳楼一共有三层，纯木结构，依靠木榫衔接，没有使用一颗铁钉，可见古代工匠的技术真是非常高超啊！它的飞檐和盔顶，远远看去，就像一只凌空欲飞的大鸟。岳阳楼面向洞庭湖，仿佛一位将士静静地欣赏着、守卫着烟波浩渺的洞庭湖，看水中泛舟、芦苇荡漾、水天一色，而洞庭湖也见证了岳阳楼的欣荣……诗人杜甫的那句"昔闻洞庭水，今上岳阳楼"也说明了岳阳楼是观赏洞庭湖的最佳位置。

鹳雀楼

一望无际的平原太壮观了！

还能看到黄河呢！

到月台了！

我好像听到了鹳雀的叫声。

正殿连接前阶的平台，宽敞通透，是看月亮的好地方，称为赏月之台，也就是月台。

可是我没有看到鸟儿呀，好神奇！

走近了看，鹳雀楼有这么高啊！

鹳雀楼位于山西省运城市，通身采用唐代油漆彩画装饰，是一座外观四檐三层、内设六层的仿唐式建筑。整个景区以鹳雀楼为中心，四周景象以中国古典园林组景方式布局。它是我国四大名楼之一，也是黄河流域的标志性建筑。

鹳雀栖息

黄河河滩上有一种名为鹳雀的水鸟，似鹤似鹭，有黑色也有白色，其喙尖利，其腿修长。这种鸟有一个特点，在河滩上觅食，但又喜欢栖息在高处。鹳雀楼高度达到73.9米，是四大名楼中最高的一座。人们往往能在鹳雀楼上看到很多鹳雀，因此便将这座楼称为"鹳雀楼"。

蒲津桥

我们现在常用"三十年河东，三十年河西"来比喻世事盛衰兴替、变化无常，而这句话中的河东、河西指的就是蒲津桥所在的黄河两岸。唐朝时，蒲津桥是从都城长安通往黄河以东的交通枢纽，那些走过蒲津桥的人们，往往都会去鹳雀楼体验一把登楼远眺。

鹳雀楼的变迁

鹳雀楼始建于北周时期，由大将军宇文护主持建造，是一座军事戍楼，存世约七百余年。到了元朝初年，金兵与元兵争夺蒲州（今山西永济），鹳雀楼被焚毁于战火之中。此后几百多年，这里只留下关于鹳雀楼的遗址和传说。改革开放以来，重修鹳雀楼的呼声日益强烈，直到1997年，人们在这茫茫滩涂，复建了这座千古名楼。

榜上有名

鹳雀楼雄伟壮观，结构奇巧，绝佳的地理位置使它成为登高胜地，无数文人学士登楼赏景，并留下许多不朽诗篇。诗因楼作，楼因诗名，鹳雀楼因王之涣而名扬天下，令古往今来的人们无限神往。

排 行 榜	
《登鹳雀楼》	王之涣
《同崔邠登鹳雀楼》	李 益
《登鹳雀楼》	畅 当

登鹳雀楼

因为受到小人诬陷，王之涣愤然辞官，过上了悠闲远游的日子。在这期间，王之涣登上鹳雀楼，在夕阳下望着滚滚流去的黄河，写下了这篇名作。

王之涣

在家闷得慌，去鹳雀楼看看。

白日依山尽，
黄河入海流。
欲穷千里目，
更上一层楼。

白日：太阳。

依：依傍，依靠。

尽：消失。

欲：想要。

穷：尽，使达到极点。

千里目：眼界宽阔。

译 文

　　太阳依傍着山峦慢慢落下消失，滔滔的黄河水朝着大海流去。要想看到更远的风景，那就要登上更高的一层楼。

诗人介绍

　　王之涣（688—742），字季凌，盛唐时期的著名诗人。他创作的诗大多被当时的乐工编上曲调，用来歌唱。他和高适、王昌龄等人经常在一起吟诗唱和。他描写边塞风光的诗最有名，他尤其擅长五言诗。《登鹳雀楼》《凉州词》等是他的代表作。

赏析

　　整首诗看似平铺直叙地写了登楼的过程，却描绘出万里河山辽阔无垠的画面，同时又含意深远。诗人想看得更远，该怎么做？那就要站得更高。这一朴素的哲理不仅是诗人胸襟开阔的表现，也反映出盛唐时期人们积极向上的进取精神。

拓展延伸

● 白 日

落 日

诗中的白日指的是黄昏时的落日，但我们平时看到的落日并不是白色的，而是红色或橙色的。为什么诗人要用白日呢？

白色是一种明亮的颜色，用来形容太阳能给人一种耀眼刺目的感觉。白色又是纯洁、一尘不染的，因此白日会有一种孤高之感。因为白色还容易让人想到冰雪，所以白日也有一种冷峻苍凉的氛围。诗人在诗中描述的场景苍凉空旷，用白日一词最合适不过了。

● 哲理诗

诗中"欲穷千里目，更上一层楼"一句，蕴含了朴素的哲理：想要看得远，就要站得高。以王之涣为代表的古代文人，写下了很多含蓄隽永、富有哲理的诗句，这些诗被称为哲理诗。

如王安石在《登飞来峰》中写道："不畏浮云遮望眼，自缘身在最高层。"说的是人的认知水平到达一定的高度之后，就能更正确、更全面地了解事物的本质，不容易被迷惑。在了解事物的本质方面，苏轼的《题西林壁》中写有"不识庐山真面目，只缘身在此山中"一句，蕴含了想要了解事物，要从各个角度客观全面地观察的道理。

除了这些关于认知事物的哲理诗，还有一些关于读书的，比如陆游的"纸上得来终觉浅，绝知此事要躬行"，朱熹的"问渠那得清如许？为有源头活水来"……古代的文人们将自己的思考融入诗中，让后人读来受益匪浅。

◉对仗绝句

　　《登鹳雀楼》是一首五言绝句。因为绝句不长，一般是不要求对仗的。唐朝时期的文人写五言绝句，有一联对仗就很不错了，而《登鹳雀楼》却是一首通篇用对仗完成的绝句。第一、二句，"白"和"黄"都表示色彩，"白日"和"黄河"两个名词相对，"依"和"入"两个动词相对，后面"山"对"海"，"尽"对"流"。第三、四句，"欲"对"更"，"穷"对"上"，"千里目"和"一层楼"都是带有数量词的词组。

　　这首诗平仄和谐，行云流水，一气呵成，诗句工整而且厚重有力，实现了意义与形式的完美结合，因此人们对它的评价极高。

我就是"对仗之王"！

同崔邠登鹳雀楼

814年，有人在鹳雀楼举办了一场盛大的集会，崔邠在集会上作了一首《登鹳雀楼》。李益遗憾自己没能去，他在读了崔邠的作品后，也写了一首诗来抒发自己的感慨。

鹳雀楼西百尺樯(qiáng)，汀(tīng)洲云树共茫茫。

汉家萧(xiāo)鼓空流水，魏国山河半夕阳。

事去千年犹恨速，愁来一日即为长。

风烟并起思归望，远目非春亦自伤。

同：酬和，用诗词应和。

崔邠：人名，唐朝大臣。

汀洲：水中小洲。

云树：高大的树。

萧鼓：箫与鼓，泛指音乐演奏。

魏国山河：这里指大好河山。

远目：远望。

译 文

鹳雀楼的西边有百尺高的桅樯，汀洲上的树木高耸入云，一片苍茫。汉代的奏乐已如流水般逝去，魏国的山河也已经半入夕阳。往事过去千年尚且遗憾时间飞逝，愁绪袭上心头又觉得一日太长。离乱中更激起我思归的心绪，远望楼前已非春天的景色不免让我黯然神伤。

诗人介绍

李益（748—约829），唐代官员、诗人。他考中进士后做了小官，起初因仕途不顺弃官云游，后官至礼部尚书。李益的诗音律和美，为当时乐工所传唱。他的边塞诗作比较出名，代表作有《夜上受降城闻笛》《从军北征》《塞下曲》等。《同崔邠登鹳雀楼》一诗是他的律诗代表作。

诗的首联描述了登楼纵目所见的景象，诗人不由得起了思古之幽情；颔联跨越时空，只觉得夕阳流水之间，历史烟云从眼前一一掠过；颈联谈古论今，感慨不同的境遇下对时间长短的感觉差别很大；尾联表达了诗人倦游思归的情感。

拓展延伸

◉ 汉家箫鼓

汉家箫鼓的典故源于汉武帝创作的《秋风辞》，其中写道："泛楼船兮济汾河，横中流兮扬素波。箫鼓鸣兮发棹歌，欢乐极兮哀情多。少壮几时兮奈老何！"意思是：乘坐的楼船行驶在汾河上，行到河中央，激起了白色的波浪。鼓瑟一齐鸣响，船工唱起了歌，欢喜到了极点的时候忧愁也随之增多。少壮的年华轻易消逝了，面对衰老没有办法！

朕贵为大汉天子，还不是一样会生老病死？

◉ 魏国山河

鹳雀楼的所在地在战国时属魏国地界。据《史记》记载，在魏文侯死后，吴起辅佐他的儿子魏武侯。魏武侯乘船沿着黄河顺流而下，船到半途，他有感于眼前之景，回过头来对吴起说："山川是如此险要、坚固，真美啊，这是魏国的瑰宝啊！"

此乃我魏国山河！

◉ 风　烟

风烟本意是指风和烟雾，在大自然中很常见，诗人也经常把它写进诗文。不过，作为诗中的意象，风烟往往不只是自然景象，还传达着或温暖，或寂寥，或苍劲的情感，同时也能寄托诗人的家国之思。

登鹳雀楼

鹳雀楼就在畅当的家乡。据说，他自视清高，不想随波逐流，又不甘心过困顿的生活，有一股冲破藩篱的激情。他在鹳雀楼登高望远时，用诗句抒发自己志气凌云的情怀。

迥临飞鸟上，

高出世尘间。

天势围平野，

河流入断山。

迥临：高高的在上面。

世尘：世俗人间。

围：笼盖。

平野：平坦开阔的原野。

断山：陡峭的高山。

译 文

　　俯瞰观景，鹳雀楼在飞鸟之上，高得像是远离了尘世间。登楼远眺，天空笼罩着平坦开阔的原野，黄河流入陡峭的高山之间。

诗人介绍

　　畅当，唐朝时期河东（今山西永济）人。他生在兵荒马乱的年代，熟悉武事，常习骑马射箭，曾因是官家子弟被召去从军。他与李端、司空曙等人的关系很不错，写的不少诗作被保留了下来。

赏析　　这首诗前两句通过体现楼高来寄托自己志向高远的情怀，后两句通过描写楼四周的壮景来抒发豪情。畅当用这种不露痕迹的方式表达了自己渴望远离尘世、冲破藩篱的美好夙愿。

拓展延伸

● 飞 鸟

飞鸟是一个群体意象，不特指某一种鸟。畅当写鹳雀楼高的时候，不直接说它高，而是说它在飞鸟之上，表现出楼高的同时，又有一种出尘的意境。

陶渊明的《饮酒》中有"山气日夕佳，飞鸟相与还"的诗句。山中雾气缭绕，飞鸟结伴归家。我们可以从中看到人与自然和谐相处的状态，感受到诗人悠然自得的心情。飞鸟在此处营造了一种悠然归隐的意境。

杜甫在《潼关吏》中写道："连云列战格，飞鸟不能逾。"意思是说防御工事高耸入云，连飞鸟都无法飞过。飞鸟这时被用来凸显防御工事的高大、牢固，从侧面烘托出开战前紧张、庄严、蓄势待发的气氛。

刘长卿在《饯别王十一南游》中有"飞鸟没何处，青山空向人"一句，用飞鸟来比喻将要离开的友人，不知道他要去向何方。飞鸟在这里又成了远行人的象征。

除了这些，飞鸟在诗文中还有许多其他的寓意，古代的文人们依据自己的所思所想，赋予了它们丰富的内涵。

《江山飞鸟图》［宋］佚名

◉ 尘

说到尘这个字，它最早的意思是飞扬的细土，也就是我们常说的尘土。相传，女娲用泥土造人，所以有时古人会用尘土来指代人。尘土是普遍、微小、易逝的，因此古人也用它来比喻人生的平凡与渺小。此外，人在世间奔走时会沾上尘土，尘土也常用来指代人间的纷繁琐事。现代汉语中含有尘字的词语有许多，比如尘世、尘事、尘嚣、尘寰等，其中尘就有人间、世俗的含义。

◉ 律诗与绝句

绝句，也叫截句、断句，绝、截、断都有短截的含义。关于绝句这种诗体的由来，说法不一，有人认为绝句是截取律诗的一半而成的。畅当的这首《登鹳雀楼》是五言绝句，据说就是从一首同名的律诗中截取来的。

浓缩才是精华，这前后部分的内容就去掉吧。

我们从一楼进入鹳雀楼，大厅里面非常宽敞，还有一些巨大的斗拱。斗拱和墙壁上绘有五彩缤纷的图案，听说都是仿照唐朝时期的风格。登上二楼，我们通过天井还能看到一楼的全景呢！鹳雀楼的每一层都很有特点，不过，我最期待的还是鹳雀楼最顶层的风景。"欲穷千里目，更上一层楼"，当我们终于登上顶层，倚着栏杆，远远看到黄河滚滚向东流去的情景时，心中不免激动万分。

在景区售票处的山墙上，除了王之涣那首著名的《登鹳雀楼》，还题着畅当的《登鹳雀楼》。畅当也是唐朝的才子，我一字一句念着他的诗："天势围平野，河流入断山。"心中对将要观赏到的景色又多了几分期待。

踏入鹳雀楼后，浓墨重彩的唐代彩画映入眼帘，里面的陈设也极具特色。听导游介绍，这里六层楼每层都有展示主题，分别是千古绝唱、源远流长、亘古文明、鉴古察今、风雅诗书、极目千里，盛唐的气象和华夏文明在鹳雀楼内得到了充分展示。

杜甫草堂

还是草堂？

这个叫茅屋，

都是对的，也可以叫草庐或茅草房。

住这种房子是什么感觉？

杜甫草堂位于四川省成都市，是诗人杜甫的故居。草堂完整保留着明清的修缮格局，既有诗情，又富画意，是独特的混合式中国古典园林。草堂内珍藏有大量的资料、文物，是有关杜甫平生创作馆藏最丰富的地方。

看，这里写着"少陵草堂"！

这隐于绿林之间的茅亭，感觉真安逸。

杜甫入蜀

身处安史之乱的动荡之中，杜甫一家四处漂泊，几经周折，来到成都。在严武等朋友的帮助下，杜甫在城西浣花溪畔建成了一座草堂，他在这里先后居住了将近四年，留下了大量的诗歌。

> 真是出门在外靠朋友，这间草堂离不开你们的帮助啊！

安史之乱

755年，唐代将领安禄山与史思明一起发动叛乱，史称"安史之乱"。战乱期间，各地经济遭到了破坏，土地荒芜，百姓穷困不堪。杜甫也因此颠沛流离，但他始终坚持诗歌创作，表达自己对国家和人民的关心与热爱。这场战乱持续八年之久，直到763年才被平定。

《杜甫像》［元］佚名

主要景观

　　杜甫草堂著名的景点包括少陵草堂碑亭、诗史堂、工部祠等。

　　少陵草堂碑亭是景区代表性的建筑之一。它是一座以茅草作顶的亭子，内有一块镌刻着"少陵草堂"的石碑。

　　诗史堂是景点的主体建筑，里面陈列着一尊杜甫塑像。杜甫的诗反映了唐王朝由盛到衰的历史，被誉为"诗史"，此建筑因此得名。

　　工部祠有一座明万历年间石刻的杜甫半身像，是景区遗存最早的石刻像。杜甫曾经担任过检校工部员外郎一职，故称杜工部，祠因此得名。

杜甫雕像

榜上有名

　　成都杜甫草堂被誉为中国文学圣地。杜甫在此居住期间，留下诗作240余首，其中《春夜喜雨》《茅屋为秋风所破歌》等广为流传。

排行榜

《人日寄杜二拾遗》	高　适
《春夜喜雨》	杜　甫
《茅屋为秋风所破歌》	杜　甫
《绝句四首》（其三）	杜　甫
《绝句二首》	杜　甫

人日寄杜二拾遗

高适和杜甫是十分要好的朋友，在仕途上，他要比杜甫幸运一些。760年，高适担任蜀州刺史，此时杜甫从中原来到蜀中避难。他乡遇故知，两人自然很高兴，平日里，除了见面叙旧，他们也常寄诗慰问。761年农历正月初七这天，高适写下这首诗寄给了住在成都草堂的杜甫。

人日题诗寄草堂，遥怜故人思故乡。

柳条弄色不忍见，梅花满枝空断肠。

身在远藩无所预，心怀百忧复千虑。
　　fān

今年人日空相忆，明年人日知何处。

一卧东山三十春，岂知书剑老风尘。

龙钟还忝二千石，愧尔东西南北人。
　　tiǎn

注 释

人日：旧时称农历正月初七为人日。

杜二拾遗：指杜甫。

弄：卖弄，显现。

断肠：形容极度悲痛。

远藩：指南方的遥远地区。

预：参与。

书剑：古代士人随身携带之物，喻文武。

风尘：代指宦途、官场。

龙钟：形容身体衰老。

忝：有愧于，常用作谦辞。

二千石：指郡守。按照汉代的制度，郡守的俸禄为二千石。

东西南北人：指四方奔走的人。

译 文

　　人日这天，我写诗寄到成都草堂，远远地怜惜你必定在思念故乡。柳枝已显出绿意，我却不忍看见；梅花再次开满枝头，又让人感觉到悲痛。我身在南方的遥远地区难以参与朝政，心中只能怀着千百重担心和忧虑。今年的人日，彼此隔空回忆，明年的人日，更不知道会身在何处。我闲散了三十年，哪里料到今天竟辜负了随身的书剑，衰老在官场之中。自己已经是年迈之身还当着刺史，内心有愧于漂泊流离的友人。

诗人介绍

　　高适（约700—765），唐代著名诗人。他的诗歌题材广泛，大多反映当时的社会现实。他谙熟军旅生活，最具代表性的诗歌是边塞诗。其诗风苍凉悲壮、雄浑厚朴，与岑参风格一致，并称"高岑"。

全诗可划分为三段，每段四句。第一段虽是对杜甫思乡的爱怜，又何尝不是对自己的呢？第二段的情感复杂，有身不由己的无奈，也有对动荡时局的忧虑。最后一段则说自己无所作为，愧对好友。这首诗没有华丽的辞藻，而是用浑朴自然的语言对友人诉说自己的真情实感。

拓展延伸

◉人　日

　　人日指农历正月初七，是一个古老的中国传统节日。传说女娲创世，在前六天依次造出了鸡、狗、猪、羊、牛、马等动物后，第七天造出了人，因此这一天被当作是人类的生日。成都人年节习俗中重视人日这一天由来很早，可追溯到西汉时期。后来，因为对杜甫的崇拜和高杜人日唱和的故事广为流传，所以人日游草堂成为成都人一项特有民俗。每年人日这天，大家集聚草堂，挥毫吟诗，凭吊诗圣，弘扬诗圣文化。

杜甫雕像

◉谢安卧东山

　　谢安是东晋时期的名人，他出生在当时的世家大族——陈郡谢氏。谢安还是少年时，就已经很有名气了，当时的许多名士都很欣赏他。朝廷多次召他入朝为官，但他并不想凭借名气和出身去获得功名利禄，一概推辞不就。后来，他干脆躲到会稽的东山隐居起来，吟诗作文，教育谢家子弟。谢安四十来岁时，才起了入朝为官的心思。他为官后一路升迁，做到了辅政大臣，还指挥了淝水之战，大败前秦军队。后人称他之前隐居是"高卧东山"，后来入朝是"东山再起"。

◉杜甫回信

　　在高适去世之后，杜甫饱含深情地写下了《追酬故高蜀州人日见寄》一诗，作为高适赠诗的答复。杜甫在诗中回忆了他与高适之间深厚的友谊，表达了自己对友人的深深怀念。其中"今晨散帙（zhì）眼忽开，迸泪幽吟事如昨""东西南北更谁论，白首扁舟病独存"等句读来让人不由伤感落泪。高适与杜甫之间真挚的友谊也成为文学史上的一段佳话。

兄弟啊，想你了。

春夜喜雨

　　在成都草堂定居下来的杜甫，过上了相对比较稳定的生活，他亲自耕作，种菜养花，常与附近的农民交流种植的经验。某天夜里下起了春雨，身为耕作者的杜甫倍感欣喜，于是写下这首描写春雨润泽万物的诗作。

杜甫

好雨知时节，当春乃发生。
随风潜入夜，润物细无声。
野径云俱黑，江船火独明。
晓看红湿处，花重锦官城。

注 释

知：明白，知道。

发生：萌发生长。

潜：暗暗地，悄悄地。

润物：使万物受到雨水的滋养。

野径：田野间的小路。

晓：天刚亮的时候。

红湿处：雨水打湿的花丛。

花重：花沾上雨水而变得沉重。

锦官城：成都的别称。

译 文

好雨知道该下雨的时节，正好下在春天万物萌发生长的时候。它随着春风在夜里悄悄到来，无声地滋润着万物。田间小路与雨夜乌云都黑漆漆的，只有江船上的灯火独自亮着。待到天亮，去看湿漉漉的花丛，大概锦官城里也是一派露水盈花的美丽景象。

赏析　从诗名中的喜字，我们就能体会诗人对春夜细雨的喜爱之情。他是如何描述这场春雨的呢？诗人先点出春雨能根据需要应时而降，再点明春雨有无声滋润万物的好处，然后通过小路、乌云和船上灯火来表明当时的云厚雨足，最后想象春雨过后锦官城内鲜花盛开的美丽景象。

● 春 雨

诗人看到春雨为什么这样高兴，甚至要写诗赞美一番呢？在我国古代，人们以农耕生活为主，而农业生产受天气的影响很大，要想在秋天有个好的收成，春天雨水的滋润很重要。面对这样能够带来丰收的春雨，杜甫能不写诗赞美它吗？

在我国古代许多的文学作品中，都能看到春雨的身影，比如"小楼一夜听春雨，深巷明朝卖杏花"（陆游《临安春雨初霁》）、"欲知一雨惬群情，听取溪流动地声"（杨万里《喜雨》）、"红楼隔雨相望冷，珠箔飘灯独自归"（李商隐《春雨》）等。诗人笔下的春雨，或哀伤，或惬意，或承载思念。春雨的形态有千万种，春雨的情思也有千万种，但始终不变的，是春雨滋润大地，润泽万物。

◉ 润物细无声

"润物细无声"一句在诗中用来表现春雨无声地滋润万物，后来人们将这句诗引申为潜移默化地影响或教育他人，常用来形容长者或者老师。

◉ 锦官城

诗人写这首诗时生活在成都，而那时成都的别称就叫锦官城。古时，四川地区出产的蜀锦非常有名，是中国古代四大名锦（成都蜀锦、南京云锦、苏州宋锦、广西壮锦）之一。汉朝时期，成都的蜀锦织造业已十分发达，朝廷在成都设置专管织锦的官员。到了唐代，随着当地丝绸织锦的名气达到高峰，锦官城便家喻户晓了。

茅屋为秋风所破歌

杜甫

唐肃宗上元二年（761）八月的一天，杜甫的茅屋被突如其来的秋风吹破了，随后又迎来一场大雨。此时安史之乱还未平定，在这祸不单行的一天，杜甫想到战乱以来同自己一样遭受各种苦难的百姓，彻夜难眠，于是写下了这篇诗作。

八月秋高风怒号，卷我屋上三重(chóng)茅。茅飞渡江洒江郊，高者挂罥(juàn)长林梢，下者飘转沉塘坳(ào)。

南村群童欺我老无力，忍能对面为盗贼。公然抱茅入竹去，唇焦口燥呼不得，归来倚杖自叹息。

俄顷风定云墨色，秋天漠漠向昏黑。布衾(qīn)多年冷似铁，娇儿恶卧踏里裂。床头屋漏无干处，雨脚如麻未断绝。自经丧乱少睡眠，长夜沾湿何由彻！

安得广厦千万间，大庇(bì)天下寒士俱欢颜！风雨不动安如山。呜呼！何时眼前突兀见此屋，吾庐独破受冻死亦足！

注 释

三重茅：多层茅草。

挂罥：挂着。罥，挂结。

沉塘坳：沉到池塘水中。坳，水势低的地方。

呼不得：喝止不住。

俄顷：一会儿。

漠漠：阴沉迷蒙的样子。

衾：被子。

恶卧：睡相不好。

雨脚如麻：雨点不间断地落下，像垂下的麻线一样密集。

丧乱：战乱，指安史之乱。

何由彻：如何才能挨到天亮。何由，怎能、如何。彻，到，这里指到天亮。

广厦：宽敞的大屋。

大庇：全都遮盖、掩护起来。

寒士：贫寒的士人。

突兀：高耸的样子。

见：通"现"，出现。

译 文

八月秋深，狂风怒吼，卷走了我屋顶上好几层茅草。茅草飞过浣花溪，散落在对岸江边，飞得高的茅草挂在树梢上，飞得低的沉入池塘里。

南村的一群孩童欺负我年老无力，竟狠心当面做偷窃的事，明目张胆地抱着茅草跑进竹林。我费尽口舌也制止不了，只能回到家后拄着拐杖独自叹息。

一会儿风停了，天空中的云像墨一样黑，秋季的天空阴沉迷蒙渐渐黑了下来。家里的布被子盖了多年，又冷又硬，像铁板一样，孩子睡相不好，把被子蹬破了。每逢下雨，整个屋子就没有干的地方，雨不停地漏，看起来像麻线一样。自从战乱后，我睡的就少了，在漫长又潮湿的夜晚，怎样才能挨到天亮呢？

如何能得到千万间宽敞的大屋，将天底下贫寒的读书人全都庇护起来呢？让他们喜笑颜开，房屋在风雨中也安稳得像山一样。唉！什么时候眼前才能出现这样高耸的房屋？即使那时我的茅屋被吹破，自己受冻而死也值得！

赏析

这首诗的前半部分叙事，后半部分抒情。杜甫先是描写了自身的痛苦，但又不局限于自身，而是通过个人来表现天下寒士的痛苦，进而表现社会的苦难、时代的苦难。在漫长的雨夜中，杜甫将个人遭遇与社会动荡交织在一起，喊出了希望变革黑暗现实的崇高理想。

拓展延伸

●茅草被风吹走的场景

长诗的第一段描述了大风吹走屋顶茅草的场景。这一段共有五句，句

尾的五个字都押相同的韵脚。前两句起势迅猛，一个怒字把秋风拟人化，赋予自然事物浓烈的感情色彩。第三句中的飞字紧承上句的卷字，被风卷起的茅草随风飞走，随意地洒在江郊，有的挂在树梢，有的漂在池塘。一个接一个的动词，生动描绘出大风吹破茅屋的画面。我们仿佛看见一位内心焦灼的老人站在屋外，眼睁睁地望着怒吼的秋风卷走他屋上的茅草，怨愤之情油然而生。

● 茅屋房

在诗中，茅屋被风刮走了茅草，雨漏个不停。在古代，普通百姓所住的房子不像我们如今有坚实的屋顶，大部分人的房顶都是铺的茅草，下雨天就会漏雨，因此雨后修茅屋顶对古人来说是家常便饭。其实，让杜甫发愁的主要不是屋顶，他是想到国家也如同他的茅屋一般破败，忍不住为朝廷和百姓感到愁苦。

我怎么能睡得着啊！

绝句四首（其三）

762年，杜甫的好友严武离开成都入朝为官，这时蜀中发生动乱，杜甫一家离开成都草堂躲避。第二年，安史之乱平定。又过了一年，严武重回蜀地执政，来信邀请杜甫，杜甫带着妻儿又回到了成都草堂。当时他的心情很好，面对生机勃勃的春景，情不自禁地写下了一组小诗。

我的草堂，我又回来了！

杜甫

两个黄鹂鸣翠柳，
一行（háng）白鹭上青天。
窗含西岭（lǐng）千秋雪，
门泊（bó）东吴万里船。

西岭：西岭雪山。

千秋雪：指西岭雪山上千年不化的积雪。

泊：停泊。

东吴：古时候吴国的领地，今江苏省一带。

万里船：从万里之外来的船只。

译 文

　　两只黄鹂在翠绿的柳树间歌唱，一行白鹭飞向蔚蓝的天空。窗外是西岭上的千年积雪，门前停泊着从万里之外的东吴开来的船只。

赏析　　全诗一句一景，两两对仗，描绘了四幅清秀优美的图景，而使其构成统一意境的，正是诗人的内在情感。黄鹂居柳而鸣，白鹭飞向天际，表现出草堂的春色和诗人悠然的心情。随着视线转移和景物的转换，诗人看到了千秋雪和万里船，思乡之情油然而生。这首诗有动有静、有声有色，细致地表现了诗人由陶醉其中到失落伤感的心境。

拓展延伸

●绝句与诗题

　　绝句是一种短小精美的诗歌体裁，每首四句。这种形式经常被用来写一景一物，抒发一瞬间的感受，比如，诗人因偶然的所见所闻而触发了内心的情感，于是顺手写成绝句，记录下来。有些绝句诗因为诗人没有取标题，就用绝句作为题目。

◉ 诗歌中的数字

　　这首诗中有两、一、千、万几个数词，这些数词既构成了对仗的格式，让诗歌富有韵律美，又使诗歌中的景物更有画面感，更生动形象。像这样含有数字的诗歌还有很多，诗人们有的运用数字来进行夸张描写，如李白的"飞流直下三千尺"和"白发三千丈"；有的运用数字来进行对比，如李绅的"春种一粒粟，秋收万颗子"；有的运用数字来展现巧思，如邵雍的"一去二三里，烟村四五家。亭台六七座，八九十枝花"。

《黄鹂垂柳图》[清]华喦（yán）

◉ 黄　鹂

　　黄鹂也称黄莺、鸧鹒（cāng gēng），有着一身鲜亮的黄色羽毛，机灵可爱，鸣叫声清亮婉转，悦耳动听。

　　黄鹂常常出现在赞美春天的诗词中，借以表达轻快、喜悦的情感。韦应物的《滁州西涧》中有"独怜幽草涧边生，上有黄鹂深树鸣"；曾几的《三衢道中》中有"绿阴不减来时路，添得黄鹂四五声"；黄庭坚的《清平乐》中有"春无踪迹谁知？除非问取黄鹂"……黄鹂作为诗中的意象，代表了春天，也代表了美好。

● 白 鹭

　　白鹭无论是飞行还是漫步，姿态都十分优雅，古代的诗人常用白鹭来表现悠然、闲适的意境。如张志和的《渔歌子》中有"西塞山前白鹭飞，桃花流水鳜鱼肥"的诗句；王维也在《积雨辋（wǎng）川庄作》中写道"漠漠水田飞白鹭，阴阴夏木啭黄鹂"。

　　白鹭对栖息地的环境特别挑剔，稍有污染便悄然离去，是公认的环境监测鸟。白鹭的脚很长，因为高脚与高洁的发音类似，所以白鹭在诗中经常比喻品行高尚纯洁的人。刘禹锡还专门写了一首诗盛赞白鹭：

白鹭儿

白鹭儿，最高格。

毛衣新成雪不敌，众禽喧呼独凝寂。

孤眠芊芊草，久立潺潺石。

前山正无云，飞去入遥碧。

《莲鹭图》［元］佚名

绝句二首

　　杜甫在成都草堂生活的时候，留下了许多记录草堂生活和美好景色的诗文。《绝句二首》就是杜甫在成都草堂写下的描绘明媚春光的诗作。

其　一

迟日江山丽，春风花草香。

泥融飞燕子，沙暖睡鸳鸯(yuān yāng)。

其　二

江碧鸟逾(yú)白，山青花欲燃。

今春看又过，何日是归年。

迟日：春日。

泥融：泥土湿润。

鸳鸯：一种水鸟，雄鸟与雌鸟常双双出没。

鸟：指江鸥。

逾：越发，更加。

花欲燃：指花儿红的像火一样。

译 文

其 一

春日里的江山显得格外美丽，春风中也带有花草的芳香。湿润的泥土被燕子衔去筑巢，暖和的沙子上睡着成对的鸳鸯。

其 二

江水碧绿，鸟儿的羽毛被衬得愈发洁白；山色青翠，野花红艳得似乎要燃烧起来。今年的春天眼看着就要过去，什么时候我才可以回到家乡？

赏析

其 一

杜甫以诗为画。前两句对春天明媚的风光作了概括的描述，突出了江山秀丽、花草芬芳的特点；后两句一动一静，写了衔泥筑巢的燕子和相依而睡的鸳鸯。全诗展现了一幅温暖和煦的春天图画。

其 二

虽然与上篇一样，都以春景开头，但后两句急转直下，开始感慨归期遥遥，美丽的景色非但引不起游玩的兴致，还勾起了诗人漂泊的感伤。

拓展延伸

◉春日迟迟

迟日一词出自《诗经·七月》:"春日迟迟,采蘩(fán)祁(qí)祁。"春日迟迟的意思是春季白天变长,时间显得慢了。比如我们可以说:春日迟迟,我躺在树下的摇椅上消磨时光,斑驳的树影不时从我脸上掠过,淡淡的花香萦绕鼻尖,真是好时节啊!

一起去春游吧!

◉春 风

自古以来,诗人们就对春天的使者——春风情有独钟。每当寒冬过去,春风拂来,也就意味着草木复苏、万象更新,一切都充满着希望。诗人们以春风入诗,大都营造一种欢快的氛围,抒发喜悦之情。如孟郊在《登科后》中写道"春风得意马蹄疾,一日看尽长安花",将自己中了进士之后的喜悦表达得淋漓尽致；王安石的《元日》中有"爆竹声中一岁除，春风送暖入屠苏"，展现了春风的和煦温暖，人们的欢乐畅快，也蕴含了对新的一年的憧憬。

不过，正因为春风是温暖的，让人愉乐的，有时也会被用来作对比，衬托诗人心中忧伤的情感。比如，王安石曾在《泊船瓜洲》中写过"春风又绿江南岸，明月何时照我还"，就是用春风的美好衬托出他想归家但不知何时能归家的忧伤。

● 鸳 鸯

鸳鸯是一种水鸟，外形像野鸭而较小，一般生活在水边，经常成双成对。鸳鸯一词最早用来比作兄弟，如《苏武诗四首》的第一首中写道："昔为鸳和鸯，今为参与辰。"后来，唐代诗人卢照邻作了一首《长安古意》，诗中"愿作鸳鸯不羡仙"的诗句，赞颂了美好的爱情，引得大家争相效仿。此后，民间传说和文学作品中多用鸳鸯来比喻恩爱的夫妻。

《荷塘鸳鸯图》［清］沈铨（quán）

览胜手记

此时正是"泥融飞燕子，沙暖睡鸳鸯"的大好时节，先是一阵和煦的春风，吹来了春天最真诚的祝福，继而是几声清脆的鸟叫，宛如春天的声声笑语。

没多久，春雨来了，真可谓是"好雨知时节，当春乃发生"。槐树、杨树、柳树竞相伸展着自己嫩绿的叶子，吮吸着春天的甘露。这雨滋润万物，使万物复苏。春风拂过，飘来湿润的泥土芳香和沾露的花朵幽香。等到明天一早，雨过天晴，又是一派生机勃勃的景象。

"床头屋漏无干处，雨脚如麻未断绝。"寒冷的夜雨再次向你袭来，你冷得打了个哆嗦。冰冷的雨水不停地漏进茅屋，室内的寒意越发深重。这种感觉，让你想到安史之乱，战争像一场大雨席卷了大唐，给千家万户带来了灾难。想到此处，你顿时困意全无，心中只剩下对国家和百姓的担忧，于是又落下一笔："自经丧乱少睡眠，长夜沾湿何由彻！"

你想了很久，回过神才发现窗外狂风不止，手下的那张纸也早已被雨和泪打湿。你提笔写下内心的呐喊："安得广厦千万间，大庇天下寒士俱欢颜！风雨不动安如山。呜呼！何时眼前突兀见此屋，吾庐独破受冻死亦足！"

寒山寺

普明宝塔是塔院的主体建筑，是寒山寺的最高点。

什么时候能听到寒山寺的钟声呢？

新年的时候吧！

我新学的古诗有一句"姑苏城外寒山寺，夜半钟声到客船"，说的是这里吗？

是的，钟楼就在那边，去看看吧！

我已经看到它的塔顶了。

观普明宝塔了。进去就能参

寒山寺位于江苏省苏州市，寺内有很多古迹，主要建筑有普明宝塔、大雄宝殿、藏经楼、钟楼、碑廊等。碑廊陈列有历代文人留下的诗碑，其中最有名的当属唐代张继的《枫桥夜泊》诗碑。

寒山寺名的由来

寒山寺原名为妙利普明塔院。传说，唐代贞观年间，一位名叫寒山的高僧曾住于此。之后，唐代著名禅师希迁在这里创建寺院，他在匾额上题了"寒山寺"三个大字，寺名因此而来。

寒山寺一角

寒山诗歌

《寒山拾得图》〔宋〕佚名

寒山高僧是中国唐代少有的几位白话诗人之一。相传，寒山经常与另一位高僧拾得一起写诗，其诗内容丰富，或抒情咏杯，或讽世劝俗，还有山林隐逸之作，形式和风格多样，极富文学价值。寒山能够熟练地把深奥的佛法与日常琐碎的小事结合在一起，用平淡的语言娓娓道出，这种贴切自然、毫不造作的风格成为后世模仿的对象，从而形成独特的寒山体。

寒山寺钟楼

寒山寺有名的景点之一就是以夜半钟声闻名遐迩的钟楼。钟楼位于藏经楼南侧，为六角形重檐亭阁式建筑，里面有一口仿唐式的古铜钟，被誉为"天下第一佛钟"。钟面刻有约七万字的佛经，钟边上铸有多幅精美图案。整个钟体造型浩大、厚重秀美，是一件文化艺术珍品。每逢新年，寒山寺的僧人会敲一百零八下钟声，表示一年的终结，有除旧迎新的美好寓意。

寒山寺钟

榜上有名

苏州自古以来文化底蕴深厚，而苏州名景寒山寺，自从唐代诗人张继题了《枫桥夜泊》一诗后便闻名中外。寒山寺的佛像雕塑别具一格，碑刻艺术天下闻名，即便遭到多次损毁，它的影响力也丝毫没有减弱。古人将寒山寺写进了诗词中，使得后人能从中领略它当年的风采。

排 行 榜

《枫桥夜泊》	张 继
《宿枫桥》	陆 游
《寄恒璨》 càn	韦应物

枫桥夜泊

在一个秋天的夜晚，诗人张继到达了苏州，所乘坐的船停在了城外的枫桥之下。江南水乡幽美的夜景吸引着这位心怀羁旅之思的游子张继，他有感于当下的情境，写下了这首意境清远的小诗。

张继

这里还挺美的。

月落乌啼霜满天，

江枫渔火对愁眠。

姑苏城外寒山寺，

夜半钟声到客船。

枫桥： 在今江苏苏州。

夜泊： 夜间把船停靠在岸边。

霜满天： 指天气寒冷。

渔火： 指渔船上的灯火。

对： 指陪伴。

姑苏： 指苏州。

译 文

　　月亮落下，乌鸦啼叫，四周寒气袭来，只有江边的枫树与船上的渔火陪伴我忧愁而眠。姑苏城外那寒山古寺，半夜里敲钟的声音传到了我乘坐的客船里。

诗人介绍

　　张继，唐代诗人，襄州（今湖北襄阳）人，与诗人刘长卿是好友。张继的诗富有深意又质朴自然，字句求真求实，对后世有较大的影响。他的作品流传下来的不多，其中，《枫桥夜泊》是他最著名、流传最广的诗。

赏析　　全诗除了"对愁眠"外，其余都只是对当时场景的描绘。诗人通过描写秋江月夜的美景，营造了一种幽暗静谧的氛围，让读者感受到他在羁旅中寂寞的郁结愁思。

拓展延伸

●《枫桥夜泊》诗碑

　　自《枫桥夜泊》问世后，许多名人都在寒山寺留下了此诗的石碑，其中有宋朝宰相王珪，也有明朝画家文征明。寒山寺遭遇过多次比较大的损毁，很多诗碑不是被毁而不存就是残缺不全。在现有的诗碑中，以清末著名学者俞樾（yuè）的《枫桥夜泊》诗碑最为著名，是寒山寺中的一绝。

《枫桥夜泊》诗碑

◉姑苏的由来

诗中的姑苏是指现在的苏州，因苏州有姑苏山得名。关于这个别名，有一个传说：相传，古时候有一位叫胥的谋臣，很有才学，精通天文地理，因为帮助大禹治水有功，深受舜帝的敬重。舜帝把现在的苏州地区封给了他，所封的地方称为姑胥。年代久了，因为胥字不太常用，而吴语中的胥、苏两字发音相近，于是姑胥就渐渐演变成姑苏了。

《姑苏繁华图》（局部）［清］徐扬

宿枫桥

早在1163年，陆游就曾到过枫桥，再次故地重游已是7年之后。在客船上听到钟声依旧，他不免百感交集，于是写下这首诗。

这熟悉的半夜钟声，看来我又来到了枫桥。

陆游

七年不到枫桥寺，

客枕依然半夜钟。

风月未须轻感慨，

巴山此去尚千重。

客枕：在客船睡觉。

风月：泛指夜中事物，包括寒山寺的半夜钟声。

未须：不要。

巴山：山名，这里泛指蜀地。

尚：还。

千重：千层，层层叠叠。

译 文

已经有七年没到这枫桥古刹了，在客船上依旧枕着夜半从寒山寺传来的钟声入眠。先不要对眼前事物轻易感慨啊，这次蜀地之行还隔着千重山呢。

诗人介绍

陆游（1125—1210），字务观，号放翁，南宋文学家、史学家、爱国诗人。他出生的时候刚好是北宋灭亡之际，陆游在少年时期就受到家庭中爱国思想的熏陶，因此一生都致力于抗金卫国。他曾投身到军队中，为国奋战，临终前留下《示儿》一诗，展现出深沉的爱国之情。陆游一生写了很多诗文，成就很高，尤其是那些饱含爱国热情的诗作，对后世影响十分深远。

拓展延伸

● 封桥与枫桥

枫桥是江苏苏州西郊的一座古桥，原来是水路交通要道，因漕运夜间将此桥封锁，禁止船只通行，因此名为封桥，后来被传为枫桥。又因为《枫桥夜泊》的名气，所以后人就把它叫作枫桥了。

● 夜半钟声

关于寒山寺的夜半钟声，早在《枫桥夜泊》中就提到过，宋代欧阳修曾对此提出疑问："诗虽好，但怎么会三更半夜撞钟呢？"而后经宋代范成大等名士考证后发现，当时苏州地区的佛寺确实有半夜鸣钟的习俗，称

《寒山寺图》［清］顾仲泉

为定夜钟。而如今，寒山寺新年听钟声活动成为国内最持久、最具影响力的跨年迎新活动之一，很多人齐聚这里，共同聆听一百零八下辞旧迎新的钟声。

◉ 风　月

风月指的是清风与明月，这两种事物都能给人带来美好的感受，因此古代的文人们常用风月来指代美好的景色。苏轼的《减字木兰花》中有"醉倚阑干风月好"一句，说的就是依靠栏杆发现一处美景；陆游的《鹊桥仙》中有"一竿风月，一蓑烟雨"一句，意为钓的是一竿风月，披的是一蓑烟雨，比喻实在是精妙！

我钓的不是鱼，是风月。

寄恒璨

唐朝诗人韦应物担任苏州刺史时，一天，他处理完政务之后，拜访了姑苏城外的寒山寺。在寺庙留宿的夜晚，他突然想到了一些关于《楞（léng）伽经》的事情。于是，韦应物给自己的好朋友恒璨禅师写了一首诗，并寄给了对方。

心绝去来缘，迹顺人间事。
独寻秋草径，夜宿寒山寺。
今日郡斋闲，思问楞伽字。

去来缘：过去未来的因缘。

郡斋：指苏州刺史官邸。

楞伽：佛经名，指《楞伽经》。

译 文

　　我的心已经脱离因缘，我的行为顺应世间百事。我独自寻得一条秋草小路，夜晚在寒山寺中借宿。今日的政务已经都处理完了，想询问你关于《楞伽经》的文章。

诗人介绍

　　韦应物（约737—791），唐朝时期长安（今陕西西安）人。他是山水田园诗派诗人，诗风恬淡高远，以善于写景和描写隐逸生活著称。他早年凭借祖上的功德做了官，有点不学无术，直到安史之乱后，经历世道变迁的他才幡然醒悟，并写出了很多反映当时社会状态的诗歌。

赏析　　这首诗写于韦应物任苏州刺史期间，当时他简政爱民，常常反躬自省。我们从诗的前两句能感觉到诗人的心态很平和，对世间百态看得很淡。从"独寻秋草径，夜宿寒山寺"一句可以看出，在诗人的心中，领悟真谛的过程就像一场寻路之旅。

拓展延伸

◉ 韦苏州

　　韦应物曾担任过苏州刺史，因此后世称其"韦苏州"。他在任期间，制定了有效的利民政策，为百姓主持公道，尽职尽责。他还时常反思自己的行为，始终保持一身正气、两袖清风的本色，备受苏州人民爱戴。

为百姓办实事是我的职责。

◉ 寒山问拾得

　　寒山寺作为佛教名地，留有一则"寒山问拾得"的趣闻。

　　一天，寒山问拾得："这世上无端有人诽谤我、欺负我、侮辱我、嘲笑我、践踏我，对我作恶，欺骗我，我该如何治他？"

　　拾得回答他："你只要容忍他、让着他、由着他、避开他、忍耐他，敬而远之，不要理睬他，过几年你等着看他是什么样子吧。"

　　两位僧人的对话，体现了佛门少思寡欲、不去争斗的佛理。

● 古代的书房

斋有几种意思，其中一种是表示古代的书房，如书斋。蒲松龄的书房就叫聊斋，他在此写出了一部志怪小说，取名《聊斋志异》。除了斋以外，书房还有许多叫法，有叫堂的，如杜甫的成都草堂、乾隆皇帝的三希堂、纪晓岚的阅微草堂等；有叫轩的，如归有光的项脊轩、辛弃疾的稼轩等；有叫室的，如刘禹锡的陋室、梁启超的饮冰室等；还有叫庵的，如陆游的老学庵等。

除了这些之外，古代文人们还常以屋、居、馆、庐、园、亭、洞等字来命名书房，这些名称大多暗含着文人们的志向。

《浒溪草堂图》（局部）［明］文征明
这幅图是文征明所画的沈天民的浒溪草堂，从图中我们可以看到草堂所处环境十分清幽，由此可见草堂主人淡泊明志的品格。

览胜手记

来到苏州，怎么能不去感受一下"月落乌啼霜满天，江枫渔火对愁眠"的意境呢？今天我们游览的就是位于苏州的寒山寺景区。

我们到达景区门口，一眼就看到"寒山寺"三个大字。进入大门，我们先观赏了宏伟的大雄宝殿，里面有很多栩栩如生的罗汉塑像，看起来十分威严。宝殿的后面是碑林，立着许多雕刻了《枫桥夜泊》这首诗的石碑。据说，寒山寺能够驰名中外，还多亏了《枫桥夜泊》这首诗的传诵呢！诗中的枫桥离寒山寺不远，我们打算体验完登楼敲钟的乐趣之后，就去枫桥景区游览一番。

我原来以为寒山寺在一座山上，到了才发现并不是，寒山寺就在苏州市姑苏区。游览了寒山寺，自然也少不了参观枫桥。原来枫桥就是一个弧形的石拱桥，非常普通，在乌镇常能看到这样的桥。我在想，是因为一座古桥成就了一位诗人，还是因为诗人使得古桥名扬四海？

成都武侯祠

名垂宇宙？古代就有宇宙这个词吗？

有啊，宇宙在古代指天地呢！

三顾频烦天下计，一番晤对古今情。写得真好！

成都武侯祠位于四川省成都市，由惠陵、汉昭烈庙、武侯祠、三义庙组成的历史遗迹区，川军抗战将领刘湘陵园为主体的西区和锦里民俗区三部分组成。成都武侯祠有"三国圣地"的美誉。

武　侯

　　武侯指的是三国时期蜀汉丞相诸葛亮，因为诸葛亮生前的封号是"武乡侯"，去世后又被追谥为"忠武侯"，所以老百姓通常用武侯来尊称诸葛亮。诸葛亮是中国古代杰出的政治家、军事家、发明家与文学家，也是中国传统文化中忠臣与智者的代表人物。

《武侯高卧图》［明］朱瞻基

《出师表》

　　227年，蜀汉境内安定，府库充盈，诸葛亮想北上伐魏，兴复汉室。《出师表》是他呈给后主刘禅的请战奏章，他在文中规劝刘禅要任人唯贤、秉公执法，并向其传授了很多治国经验，表明了自己誓死效忠的决心。诸葛

岳飞手书《出师表》碑刻拓本（局部）

亮言辞恳切，把臣子的忠诚诠释得淋漓尽致。武侯祠内存有南宋名将岳飞的书法碑刻《出师表》，看那墨痕如涕如泪，笔锋如枪如戟，仿佛听到了两位忠臣良将遥隔九百年的灵魂共鸣。

三绝碑

在武侯祠的碑亭中有一座唐碑，名为《蜀丞相诸葛武侯祠堂碑》，由唐朝宰相裴度撰写，书法家柳公权之兄柳公绰所书，著名工匠鲁建镌刻，赞颂了诸葛亮的文韬武略。此三人皆是各自领域的佼佼者，因此此碑被称为"三绝碑"。

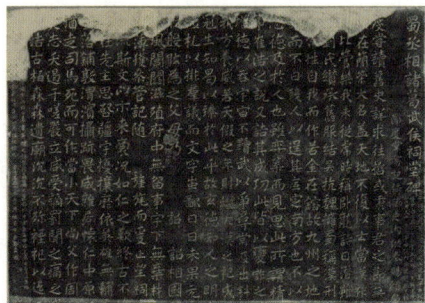

唐碑（局部）

榜上有名

在悠悠千年的历史长河中，三国时期的人物总是被人们反复提及，其中最为人津津乐道的，还要数诸葛亮，无论是他与刘备之间相知相惜的深厚情谊，还是他在各大战役中表现出来的足智多谋，都吸引着无数文人墨客纷纷到武侯祠，并留下许多传世诗作。

排行榜

《蜀相》	杜甫
《咏怀古迹五首》（其五）	杜甫
《武侯庙古柏》	李商隐

蜀相

759年，杜甫结束了多年颠沛流离的生活，来到成都定居。第二年，杜甫在知晓武侯祠的位置后前去探访，并写下了这首雄浑悲壮的千古绝唱。

丞相祠堂何处寻？锦官城外柏森森。

映阶碧草自春色，隔叶黄鹂空好音。

三顾频烦天下计，两朝开济老臣心。

出师未捷身先死，长使英雄泪满襟。

蜀相：指诸葛亮。

柏森森：柏树茂密的样子。

三顾：指三顾茅庐。

频烦：频繁。

开：开创。

济：扶助。

出师：出兵。

长：常。

译 文

去哪里寻找武侯诸葛亮的祠堂呢？在成都城外柏树茂密的地方。碧草映照石阶不过自为春色，隔着树叶的黄鹂空有美妙的歌声。刘备为统一天下而三顾茅庐，问计于诸葛亮，辅佐两代君主的老臣一直忠心耿耿。出兵还未等到胜利就离世了，常令历代英雄们对此泪湿衣襟。

赏析

全诗熔情、景、议于一炉，既有对历史的评说，又有对现实的寓托，在历代赞颂诸葛亮的诗篇中堪称绝唱。这首诗分为两部分，前四句写诗人凭吊丞相祠堂，从写景中感怀现实，展现出诗人忧国忧民之思；后四句写诗人追忆历史，缅怀先贤，咏叹诸葛亮的才德，也蕴含着他对祖国命运的关切和期盼。全诗诉尽诸葛亮生平，意蕴深厚，意境深沉悲凉。

拓展延伸

● 三顾茅庐

诗中"三顾频烦天下计"说的是刘备三次拜访诸葛亮的故事，成语三顾茅庐也是这个意思。

当时天下大乱，刘备吃了败仗，为夺取天下，他到处招募贤才，带着关羽和张飞拜访隐居在茅庐的诸葛亮。第一次恰巧诸葛亮这天出去了，刘备只得失望而归。第二次他们冒着大雪去拜访，诸葛亮又不在。随行的张飞不耐烦了，甚至说要把诸葛亮绑来，刘备还把张飞责备了一顿。在第三次拜访时，诸葛亮终于在家了，但他当时正在睡觉，刘备不敢惊动他，就一直站在门外等诸葛亮醒来。后来，诸葛亮见刘备心怀大志，又感动于他三顾茅庐的诚心，便甘愿做他的军师，为他出谋划策。

现在，我们常用三顾茅庐指诚心实意地一再邀请。比如，我们可以这样说：这位技术精湛的师傅是我们三顾茅庐请来的。

《三顾茅庐图》［明］戴进

◉ 出师未捷身先死

这里的出师指的是诸葛亮最后一次出师伐魏。当时他统率大军，与司马懿隔着渭水对峙了一百多天，不曾想还未迎来胜利，就病死在军中。后来这一句诗也常被用来指事业未取得成功而人已去世。

扶我起来，
我还能继续！

◉ 衣　襟

衣襟指的是上衣、袍子前面的部分，也叫衣衿（jīn）。与衣襟相关的成语有正襟危坐，表示理好衣襟端正地坐着，形容严肃或拘谨的样子。诗词中提到衣襟，大部分与眼泪有关，如泪满襟、湿衣襟、泪沾襟等，都是说眼泪打湿了衣服，表达伤感的情绪。

咏怀古迹五首（其五）

766年，杜甫游历了长江三峡一带不少名人古迹，他对古代的英雄、名相、才子等崇敬有加，心生感慨，于是作诗五首，合称《咏怀古迹五首》，以抒胸臆。《咏怀古迹五首》中的第五首，是诗人在游览武侯祠时，因为由衷地敬慕诸葛亮，有感而作。

诸葛大名垂宇宙，宗臣遗像肃清高。
三分割据纡筹策，万古云霄一羽毛。
伯仲之间见伊吕，指挥若定失萧曹。
运移汉祚终难复，志决身歼军务劳。

垂：流传。

宗臣：被后世所敬仰的大臣。

纡筹策：用尽心智为之计谋策划。

云霄一羽毛：凌霄的鸾凤，比喻诸葛亮绝世独立的智慧和德行。羽毛，指鸾凤。

伊吕：指（商）伊尹、（西周）吕尚，两人都是辅佐君王的重臣。

萧曹：指萧何、曹参二人，都是汉高祖刘邦的谋臣。

祚：皇位，国统。

译 文

　　诸葛亮的大名流传在天地之间，他清高的德行让人肃然起敬。他施展才华，运筹帷幄，三分天下是他苦心筹划的结果。他是旷古未有之奇才，如同翱翔云霄的鸾凤不可企及。他和伊尹、吕尚相比分不出上下，统领军队从容镇定，让萧何、曹参都黯然失色。可惜汉室国运不济，再难复兴，但他依然竭尽忠心，最终因军务繁忙而殉职。

赏析　　这首诗的前两句描述了诗人瞻仰诸葛亮，为他的高风亮节肃然起敬。接着诗人用四句诗高度评价了诸葛亮过人的才智胆略，称赞他所建立的奇功伟业。最后两句，以诸葛亮积劳成疾而逝，最终没能恢复汉室大业的事迹，表达了对诸葛亮"鞠躬尽瘁，死而后已"品德的赞美，也是对其未遂平生之志的深深惋惜。

拓展延伸

◉ 三国圣地

诗人杜甫对三国时期的刘备和诸葛亮深感敬佩，看到他们君臣一体，受人祭祀怀念，不禁写诗抒发情怀。现在，我们也能像诗人一样，走进成都武侯祠，缅怀历史，纪念古人。武侯祠中不仅有刘备殿和诸葛亮殿，关羽、张飞也有专门的大殿，还有文武廊、三义庙等建筑，充分展现着三国时期蜀国文臣武将的风采。

《关羽擒将图》［明］商喜

◉ 《咏怀古迹五首》

《咏怀古迹五首》分别吟咏了庾信、宋玉、王昭君、刘备、诸葛亮等人在长江三峡一带留下的古迹，赞颂了这五位历史人物。这五首诗歌语言凝练，气势深厚，有着深远的意境。值得一提的是，如今挂在成都武侯祠中的"名垂宇宙"牌匾，就是出自本诗中的"诸葛大名垂宇宙，宗臣遗像肃清高"一句。

"名垂宇宙"牌匾

◉ 君臣合祀

武侯祠原指位于刘备惠陵旁供奉诸葛亮的祠堂，明朝时，蜀献王朱椿下令废除此祠堂，将诸葛亮塑像移入汉昭烈庙，使之成为一个君臣合祀的祠堂。

武侯庙古柏

晚唐诗人李商隐一生困顿不得志，有一次他来到四川，去游访武侯祠，有感而发，便写下了这首诗。

李商隐

什么时候才能实现我的政治抱负啊！

蜀相阶前柏，龙蛇捧閟宫。

阴成外江畔，老向惠陵东。

大树思冯异，甘棠忆召公。

叶凋湘燕雨，枝拆海鹏风。

玉垒经纶远，金刀历数终。

谁将出师表，一为问昭融。

闵：闭门。

惠陵：这里指刘备的陵墓。

冯异：东汉名将，有"大树将军"之称。

召公：指西周召公姬奭（shì），曾在甘棠树下处理政事。

湘燕雨：下雨。

海鹏风：指大风。

经纶：筹划国家大事。

金刀："刘"繁写为"劉"（字里含有金刀），指刘家为首的蜀国。

昭融：光明，指帝王的鉴察。

译 文

蜀相祠堂前的柏树，像龙蛇一样捧着武侯祠。树荫延伸到外面的江畔，枝干逐渐伸向东面的惠陵。高大的柏树令人想起冯异，甘棠树让人回忆起召公。可树叶会因下雨而凋零，树枝也会被大风吹散。诸葛亮在玉垒山筹划国家大事已经是很久以前的事了，蜀国也历经劫数最后终结。谁来像诸葛亮一样写一篇出师表，用一生向帝王表明忠心？

诗人介绍

李商隐（约813—约858），字义山，晚唐著名诗人。他因受牛李党争的影响，仕途不顺，潦倒终身。但在文学上他成就很高，特别是他的爱情诗和无题诗，读起来缠绵悱恻，十分动人，被广为传诵。后世将他和杜牧合称为"小李杜"，与温庭筠合称为"温李"。

赏析 　这首诗的前四句描述了武侯祠柏树的枝繁叶茂；中间四句借用典故歌颂武侯的功德，并以柏树受到的外部打击来感慨生命的脆弱与易逝；后四句诗人感慨世事，隐晦地表明了对逐渐衰败的唐王朝的无奈，同时也表达了自身政治生涯无望的沮丧之情。

拓展延伸

● 阶前柏

现在我们去武侯祠，会看到里面种了很多柏树，它们苍劲挺拔，千姿百态。相传，武侯祠前有两株诸葛亮亲手种的柏树，这两棵柏树枝繁叶茂，朝向惠陵生长，仿佛树也在为刘备效忠一般。

武侯祠的柏树

◉大树将军——冯异

　　冯异是光武帝时期的名将，他为人谦逊，从不自我夸耀，出行的时候与其他将军相遇，总拉开马车让路。他带领的军队行止进退都按照旗帜命令，在各部队中号称最有纪律。每当宿营时，将领们坐在一起，总是争说自己的功劳，冯异却常常独自避开坐在树下，因此军中称他为"大树将军"。光武帝曾经指着他，对满朝公卿大臣说："他便是我起兵时的主簿，为我在创业的道路上披荆斩棘，为我平定了关中之地！"这也是成语披荆斩棘的由来。

◉甘棠树下的召公

　　《诗经·甘棠》一诗赞颂了一位爱护百姓的人物——召公姬奭。他因采邑在召（今陕西岐山县城南），被称为召公。据说，姬奭在乡间视察时，发现当地有一棵甘棠树，姬奭就在树下判断案件，处理政事。在他的管理下，当地的官员们无人失职，百姓们安居乐业。姬奭去世后，百姓思念他而倍加珍爱这棵甘棠树。召公勤政廉政的典故凝结为甘棠遗爱四个字，口口相传，为人称颂。

甘　棠

览胜手记

走进武侯祠的大门，一种肃穆的感觉油然而生。往前走，我看到了很多尊塑像，塑像前还立着一些石碑。走近一看，石碑上镌刻的是蜀汉文臣武将的生平事迹。接着，我来到挂有"武侯祠"匾额的厅廊，穿过厅廊就是诸葛亮殿了。我看《三国演义》时最喜欢诸葛亮，便不觉加快脚步，想快一点进殿看看。进了殿，只见殿内供祀着诸葛亮的坐像。他神态儒雅，有着"运筹帷幄之中，决胜千里之外"的从容。我吟诵起"三顾频烦天下计，两朝开济老臣心"的诗句，心中感慨万千。

柏树被称为百木之长。它一年四季都绿油油的，被视为不畏风霜、坚毅挺拔的代表，在我国园林文化中有着独特的地位，常被种植于纪念性园林中，以示对先人的怀念和祭奠。

武侯祠内也有很多柏树，气氛庄严肃穆。杜甫的一句"丞相祠堂何处寻，锦官城外柏森森"，更是让古柏成为武侯祠的景观标识。